Where Do I Belong?/ ¿A Dónde Pertenezco?
by Mabel Aguirre-Ford; illustrated by Jasmine Meadows.
1 st Edition
English ISBN: 979-8-9899849-0-9
Spanish ISBN: 979-8-9899849-1-6

First printing, 2024.

Dreamland Libros, LLC.
McKinney, TX

Dreamlandlibros.org

Printed by Ingram Spark, Inc., in the United States of America.

Para mis dos milagros,
Grayson y Luke.
- Mamí

Olea and Onyx—
My very good gifts
from above.
- Mom

¿A Dónde Pertenezco?

Escrito por Mabel Aguirre-Ford

Ilustraciónes por Jasmine Meadows

En un zoológico, un huevo rueda cuesta abajo y cae
cerca de dos monos jugando a la pelota.
Uno de los monos recoge el huevo, se rasca la cabeza
y dice:
" Bueno, esta es una pelota de aspecto graciosa".
"Eso no es una pelota; Es un huevo, y se está quebrando".

El mono coloca el huevo en el suelo, y una pequeña criatura sale y pregunta:

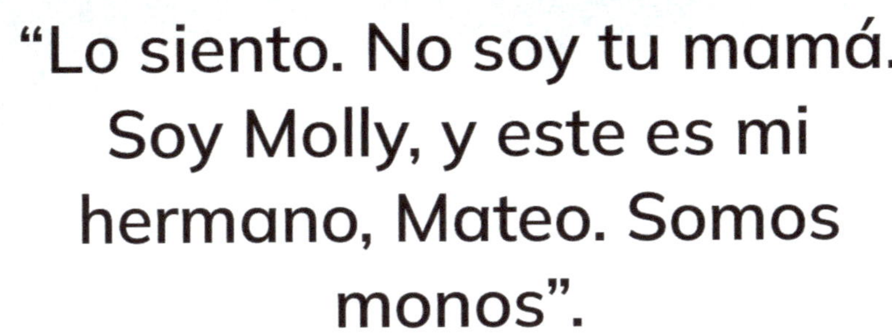

"Lo siento. No soy tu mamá. Soy Molly, y este es mi hermano, Mateo. Somos monos".

"Entonces, soy un mono?", preguntó la pequeña tortuga.

"No lo creo", dice Mateo. "No te pareces en nada a nosotros".

"Nosotros tenemos colas largas y orejitas lindas, y tú no".

"Qué es esta cosa en tu espalda?", pregunta Mateo.

"¡Guau!", exclaman ambos monos.
"¡Nosotros no podemos hacer eso!"
"Si no soy un mono, ¿qué soy?", preguntó la tortuga.
"No lo sé", dice Molly. "Pero no te preocupes. ¡Te ayudaremos a averiguarlo!"
"Necesitas un nombre. ¿Qué tal Troy?", pregunta Mateo.
"¡Me gusta!", exclamó Molly.
"A mí también", dice la tortuga.

"Bueno, ahora que tienes un nombre,
averigüemos a dónde perteneces", dice Mateo.

Molly y Mateo trepan a un árbol para ver qué hay alrededor. De repente, Molly ve la exhibición de pingüinos y las mamás pingüino sentadas sobre huevos.

"Veo huevos y mamás empollándolos. ¡Tal vez pertenezcas allí!", dice Molly.

"¡Vamos!", dice Mateo.

Molly y Mateo trepan a un árbol y se balancean en las ramas, pero Troy no puede.

"¡Lo sentimos!"
dicen los monos y se bajan del
árbol para caminar al lado de Troy.

11

Cuanto más se acercan más frío sienten. Troy se acerca a una mamá pingüino que está sentada en un huevo y le pregunta:

El pingüino lo mira y dice: "No, lo siento, querido. Soy un pingüino, y nos encanta el frío, pero por la forma en que estás temblando, no creo que pertenezcas aquí".

Los amigos salen corriendo de la exhibición helada y tratan de calentarse saltando arriba y abajo.

"Brrrr", dice Troy.
"Definitivamente no pertenezco allí; ¡Me congelaría!"
Los dos monos están de acuerdo. "Nosotros también, pero tú perteneces a algún lugar".

"¡Mira! ¡Ese tipo de allí tiene una gran joroba en la espalda como tú Troy! Vamos a hablar con él", sugiere Molly.
"¡Vale, vamos!", dice Troy.

14

"Discúlpeme allá arriba", dice Mateo.
"¿Conoce usted a este pequeño a mi lado?
¿Pertence aquí con usted?"

El camello mira a Troy y dice,
"¡NO! Es demasiado pequeño para ser
un camello y del color equivocado".

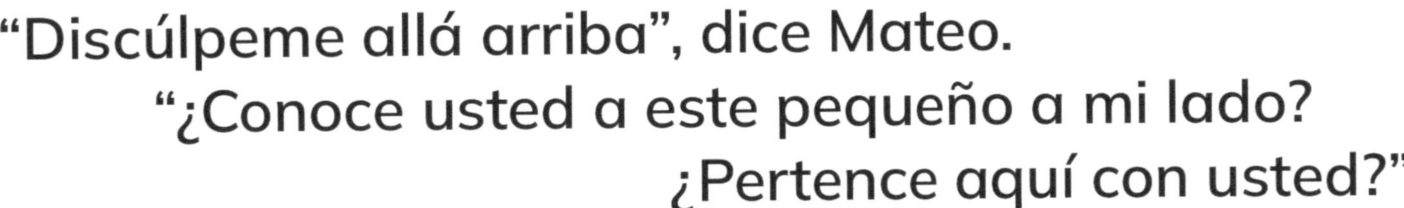

Mientras pasa por encima de los
amigos, dice: "Ahora, váyanse,
claramente no pertenecen aquí".

"No te preocupes, Troy. Te ayudaremos a encontrar a dónde perteneces. Sigamos buscando", dice Mateo.

"¡Miren! Esos chicos de allí tienen manchas en la espalda
como yo. ¡Tal vez pertenezco allí!", dice Troy.
"Solo hay una manera de averiguarlo", dice Molly.

Los tres amigos caminan hacia un árbol. Bajo su enorme sombra, ven a tres cachorros.

" ¡Soy el más rápido! "

" ¡No! ¡Yo lo soy! "

" ¡Ambos están equivocados! ¡Yo puedo correr más rápido que ustedes dos cualquier día de la semana! "

Los cachorros dejan de discutir cuando notan que los amigos caminan hacia ellos.

"¿Quiénes son y por qué están aquí?", pregunta uno de los cachorros.

" ¡Hola! Soy Clara. Esta es nuestra hermana pequeña, Carla, y el grosero sin modales es nuestro hermano, Carlos", se presenta la cachorra más grande.

" Soy Troy, y estos son mis amigos
Molly y Mateo. ¿Estoy perdido y me
pregunto si tal vez pertenezco
aquí, con ustedes?".

" ¿Qué te hace pensar que perteneces con
nosotros?", pregunta Carlos.

"Bueno, noté que tienes manchas en tu espalda como yo.
¿Ves?", Troy les señala su caparazón.

"Solo hay una manera de saber si eres uno de nosotros", dice Clara.
"Debemos competir. ¡Sabrás que eres un guepardo si puedes correr rápido!"

"¡Hay que hablar menos y correr más!", dice Carlos.
"¡Te demostraré de una vez por todas que soy el más rápido!"

Y con eso, los cachorros guepardo huyen, dejando
a Troy, a Molly y a Mateo en una nube de polvo.

"Yo no puedo correr así de rápido. Tampoco pertenezco aquí", dice Troy con tristreza. "No pertenezco a ningún lugar".

Hay un lugar especial al que perteneces, y te ayudaremos a encontrarlo", dice Mateo.

"Se está haciendo tarde, y debemos regresar a casa, o mamá se preocupará. Eres bienvenido a quedarte con nosotros, Troy", dice Molly.

Troy baja la cabeza mientras sube la colina
con Mateo y Molly.

Troy ve un estanque que no había
notado antes. Se separa de sus amigos
y comienza a caminar hacia la orilla.

A medida que se acerca, ve
caparazones en la arena, en un tronco
y en el agua. Siente que algo dentro de
sí mismo lo empuja hacia el agua.

"Troy, ¿a dónde vas?",
pregunta Mateo.

"Hay algo en este lugar que se me hace
conocido", dice Troy. "Tengo que acercarme".

De repente, fuera del agua, aparece una criatura.

Ella ve a Troy, sonríe con
reconocimiento y corre
hacia él.

"¡Hola!", dice con lágrimas en los ojos.
"¡Te he estado buscando!"

“¿Me estabas buscando?”,
pregunta Troy.

“¡Por supuesto!”, responde ella.

“¿Sabes quién soy?” Troy pregunta.

“Eres una tortuga y mi pequeño bebé”.

Ella se inclina y lo besa.

"¡He encontrado a dónde PERTENEZCO! ¡Finalmente estoy en casa!"

"¿Cómo supiste que era yo?" Troy pregunta.

Mientras lo acurruca más cerca, susurra:
"Mi amor, te conocí antes de que nacieras".

Fin

"Antes de formarte en el vientre te conocí..."
- Jeremías 1:5